KB177807

거미

창비시선 219

거미

초판 1쇄 발행 / 2002년 9월 20일
초판 20쇄 발행 / 2023년 8월 2일

지은이 / 박성우
펴낸이 / 강일우
편집 / 고형렬 유용민 김정혜 문경미
펴낸곳 / (주)창비
등록 / 1986년 8월 5일 제85호
주소 / 10881 경기도 파주시 회동길 184
전화 / 031-955-3333
팩시밀리 / 영업 031-955-3399 편집 031-955-3400
홈페이지 / www.changbi.com
전자우편 / lit@changbi.com

ⓒ 박성우 2002
ISBN 978-89-364-2219-6 03810

거미

박성우 시집

창비

차 례

제1부

거미

거미가 허공을 짚고 내려온다
걸으면 걷는 대로 길이 된다
허나 헛발질 다음에야 길을 열어주는
공중의 길, 아슬아슬하게 늘려간다

한 사내가 가느다란 줄을 타고 내려간 뒤
그 사내는 다른 사람에 의해 끌려 올라와야 했다
목격자에 의하면 사내는
거미줄에 걸린 끼니처럼 옥탑 밑에 떠 있었다
곤충의 마지막 날갯짓이 그물에 걸려 멈춰 있듯
사내의 맨 나중 생이 공중에 늘어져 있었다

그 사내의 눈은 양조장 사택을 겨누고 있었는데
금방이라도 당겨질 기세였다
유서의 첫 문장을 차지했던 주인공은
사흘 만에 유령거미같이 모습을 드러냈다
양조장 뜰에 남편을 묻겠다던 그 사내의 아내는
일주일이 넘어서야 장례를 치렀고

어디론가 떠났다 하는데 소문만 무성했다
누가 먼저랄 것도 없이 아이들은
그 사내의 집을 거미집이라 불렀다

거미는 스스로 제 목에 줄을 감지 않는다

새

공중에 발자국을 찍으며 나는 새가 있다
제 존재를 끊임없이 확인하기 위해
지나온 흔적을 뒤돌아보며 나는 새가 있다

그 새는 하늘에 발자국이 찍혀지지 않을 땐
부리로 깃털을 하나씩 뽑아 던지며 난다
마지막 솜털까지 뽑아낸 뒤엔
사람의 눈으로 추락하여 생을 마감한다

오늘은 내가 그 새의 장례식을 치른다
저 하늘의 새털구름,
그 새의 흔적이다

어머니

끈적끈적한 햇살이
어머니 등에 다닥다닥 붙어
물엿인 듯 땀을 고아내고 있었어요

막둥이인 내가 다니는 대학의
청소부인 어머니는 일요일이었던 그날
미륵산에 놀러 가신다며 도시락을 싸셨는데
웬일인지 인문대 앞 덩굴장미 화단에 접혀 있었어요
가시에 찔린 애벌레처럼 꿈틀꿈틀
엉덩이 들썩이며 잡풀을 뽑고 있었어요
앞으로 고꾸라질 것 같은 어머니,
지탱시키려는 듯
호미는 중심을 분주히 옮기고 있었어요
날카로운 호밋날이
코옥콕 내 정수리를 파먹었어요

어머니, 미륵산에서 하루죙일 뭐허고 놀았습디요
뭐허고 놀긴 이놈아, 수박이랑 깨먹고 오지게 놀았지

주술가

비가 오거나 비가 오지 않거나 그녀는
화투로 하루를 점친다 말하자면 그녀는
도구를 사용하는 주술가인 셈이다
그녀의 몸 여기저기엔
빙하가 녹아내린 흔적이 있다
불의 사용이 다른 사람보다 빨랐을 것으로 추정된다
감당할 수 없는 뜨거운 사랑이 잘못 흘렀으리라
그녀는 우리와 같은 북방계 퉁구스족의 한 갈래이지만
사람들은 가끔 그녀를 이방인처럼 대하기도 한다
그녀가 젊었을 땐
무리지어 돌아다니는 이동생활을 했다
처음엔 서울 근교 안에서 이동했지만
차차 지방 소도시를 거쳐 면 단위에 이르렀다
그녀가 주술적 행위를 시작하게 된 건
의식주를 원만하게 해결하기 위해서였다
그녀가 정착생활에 들어간 건 그리 오래되지 않는다
식량을 생산하고 저장하는 방법을 터득하고 있지만

박물관에 전시된 토기들이 비어 있듯

그녀가 소유한 몇개의 통장은 대부분 비어 있다

그녀는 유물을 남기지 않을 작정이다 말하자면 그녀
는

마음을 비운 주술가인 셈이다

달팽이가 지나간 길은 축축하다

1

내가 움직일 때마다 분비물을 흘리는 것은, 배춧잎에
붙어 있는 솜털이 내겐 덤불이기 때문이다

2

사내가 집을 나선다 저 사내는 볕을 두려워하는 달팽
이다 다행히 오늘은 햇살이 비춰지지 않는다 아니 이젠
비춰진다고 해도 무관할 것이다 사내에겐 꽃상추밭 같
은 공원이 생겼으니까, 실직한 저 사내의 딱딱한 집 속
에는 물렁물렁한 아내가 산다 건들기만 하면 젖무덤이
금세 봉긋해지는 그녀는 하루종일 통조림용 마늘을 깐
다 그런 이유로 사내의 눈이 매웠을까 사내가 눈을 훔
치며 지나간 골목이 축축하다

14

보름달

어느 애벌레가 뚫고 나갔을까
이 밤에 유일한 저 탈출구,

함께 빠져나갈 그대 뵈지 않는다

개구리밥

헛짚은 날들이 나를 증명해놓았네
개구리밥이 물 위에 뿌리를 내리듯
헛물켠 시간들이 나를 세월의 방죽 위에 뜨게 했네
발목 닿지 않을 것 같은 내일도 겹겹이 떠 있을 것이
네
바둥거려도 집으로 가는 골목과 골목은 좁아만 갔네
짐 꾸려 떠나온 곳마다 헐거워진 세간 대신
방안 가득 채운 달이 목메였네
순대 한접시 털래털래 들고 퇴근하는 밤엔
시린 달이 차가운 방에 들어와 소주를 들이켰네
잠들지 못한 새벽엔 비탈진 계단에 주저앉아 별을 털
었네
차차 좋아질 거야, 밑도 끝도 없이
헛짚은 날들이 지금의 나를 증명해놓았네
거짓말이고 싶었던 세월은 끝내 위증되지 않았네
천장 뚫고 내려와 아랫목 고집하는 물방울마냥
안전핀 없는 일상은 어디든 돌파구를 내고 싶었네
아무 곳이나 뿌리 내려 자지러지고 싶었네

헛물켠 시간들이 나를 세월의 방죽 위에 뜨게 했네
물이 스미면 개구리밥이 햇볕에 말라붙듯
내가 떠다닌 생활사도 뿌리를 감출 것이네
내가 버석버석 말라비틀어지면
햇볕은 그제서야 내가 떠 있던 세월의 방죽
발목 빠지지 않게 천천히
거닐 것이네

마이산

햇살에도 색깔이 있다 산수유나무가
노란 햇살을 손가락마다 잡고 놓치지 않는다
앞서거니 뒤서거니
계단을 타는 바람에서 화전 냄새가 난다
마이산은 말의 귀를 닮아? 아니다
치부를 드러내고 누운 여자의 봉긋한 가슴 같다
사백여 층층을 오르니
숫마이봉 화암굴이 약수 한대접 선뜻 내민다
마루턱 넘어 돌탑 쪽으로 마음이 먼저 걷는다
무너질 듯 무너지지 않는 만불탑
뾰족한 그 끝에 찔린 하늘이 맑게 흘러내린다
진달래 붉나무가 길목을 막기도 하는
암마이봉의 가파른 등허리를 탄다
등속에 알을 촘촘히 박아 부화시키는 피파개구리처럼
달걀 같은 돌멩이들을 몸 곳곳에 품고 있는 거대암
석,
분류되지 않은 생명체를 금방이라도 깨어낼 기세다
정상은 밧줄이 안내하는 길을 따라야 한다

육백칠십삼 미터의 암마이봉 젖꼭지에서 나는
자갈 하나를 조무래기탑 머리에 올려놓는다
자네는 가려운 귓밥이니 어여 내려가게나
귓불을 치는 나뭇가지의 이름을 나는 모른다

악연

양서류의 변태과정을 관찰하기 위하여 현장채집 나간
다 채집장소는 전북 정읍군 산내면 일대, 이건 순전히
내 맘대로 정한 것이다

이곳은 내가 어머니의 자궁문을 빠져나와 뛰놀던 고
향이다 때문에 실험대에 올려져야 할 개구리 난(卵)을
가장 쉽게 구할 수 있는 논두렁을 알고 있다 다랑논의
고인 물 여기저기서 난을 건진다 변태가 빠른 것은 올
챙이로 변한 놈도 있다 채집망에 잡히는 대로 포르말린
에 고정시킨다 최소한 내가 죽을 때까지 썩지 않고 보
관될 만큼 쏟아붓는다 투명한 점질막 속의 빠른 움직임
이 시작되었다 변태중인 생명체가 살아남고자 마지막
힘을 다해 꿈틀거린다 넘어야 할 플라스틱 병의 높이가
너무 높다 더이상의 움직임은 없다 그들이 현미경 슬라
이드 글라스 위에 싸늘히 누워 있다

그들은 단지, 내가 채집장소를 전북 정읍군 산내면
일대로 정한 이유로 죽어야 했다 다시 말하지만 그곳은

내가 발생과정을 온전히 마치고 어머니의 자궁문을 빠져나와 자란 고향이다 도둑은 인연 없는 집 담은 넘지 않는다

개야도 김발

1

김발은 또다른 섬이 되어 개야도를 서성인다
취기 가시지 않은 사내들은 배 한 척씩 몰고 나와
그 섬들을 거두어간다

2

밤마다 습관처럼
아랫도리 벗고 덤비는 파도들은
매심줄에 걸려 넘어지는 척 하다가
그물발의 엉덩이에 성기를 철썩철썩 박아넣는다
사내 앞에서 옷고름을 풀던 숫처녀들도 그랬겠지
아프다 자지러지며 붉은 물감을 풀어놓는다
밤이 지날수록 정사는 격렬해져
김발은 얼굴 붉힌 홍조류가 된다
공식 같은 썰물이 오면
제 몸을 드러내어

비워진 구멍들에 해의 화살을 박는다
마른 매심줄엔 몇개의 바람도 펄럭인다

                    3

갯바람 냄새 바뀌어 봄 오면
몇알의 씨앗 남기고 죽을지언정
지금은 내 자리를 넓혀가리라
순결했던 어제는 처음부터 없었을지도 모르니
날 창녀 같은 바다이끼라 불러도 좋다
습하고 짭짤한 공간에서야
어쩌다 그리워해주는 그대들을 위해
그 독하다는 염산에도 난 죽지 않으리라

몸에 맞는 그릇

저 개들은
몇 그램의 죽음을 포식한 걸까
퍼석퍼석한 사료를 먹은 개들이 목마른지
혓바닥 길게 늘려 물을 핥는다
가끔 혀끝으로 빨려들어가는 바람
개 사육장에선 바람이 소화제다
느글느글해진 졸음이 개밥그릇에 앉는다
개들은 졸음을 경계해야 할
아무런 이유가 없으므로 애써 컹컹거리지 않는다
조금 남아 있던 의심이
풍경을 한번 깜박거리게 했을 뿐이다
파리가 눈꺼풀에 앉아
잠들었다는 것을 확인해주자
위장에 있던 죽음이 살 속으로 천천히 들어간다
죽음이 모두 소화된 뒤에야 개는 깨어난다
몇 킬로의 죽음이 더 누적되어야 편안해질까
죽음은 한곳에 오래 머물지 않는다
철사줄이 목을 조이는 동안 털이 타들어가면

개는 곧 편안해질 것이다
그동안 열심히 먹은 죽음을 토해낼 것이다
거처를 잃은 죽음은
전에 살던 사육장으로 돌아갈 것이다
새로 사온 강아지에겐 물려받은 밥그릇이 크겠지만
곧 몸에 맞는 그릇으로 변할 것이다

어청도

1

군산항에서 나를 버리고 배에 올라야
세 시간 만에 만나주는 서해의 검푸른 고래등
사람들은 그 위에서 쌀을 안치고 그물을 손질한다

2

서녘 해가 마지막 고름 풀어
섬을 알몸으로 안아보고 치맛자락 길게 떠난다
검불로 조개를 구워먹던 악동들은
별을 달궈놓고서야 집으로 돌아간다

뜨거워진 구들장에 몸을 바꿔 눕다가
별이 미지근해지기 전에
출어를 서두르던 어청도 사내들,
흰수염고래 같은 파도를 끌고 입항하면
그제야 생각난 듯

등 돌려 자던 달이 마저 지워진다

이른 햇발에 걸려든 포말이 튀는 동안
어판장 아낙들은 걸쭉한 입담으로 목을 축인다
어젯밤 이불 속에서 피웠던 해당화
갯바람에 꺼내놓고 호들갑 떨다 보면
금세 손질되고 도막나는 하루가 가뿐하다

주낙에 낚시를 매는 주름살 깊은 노인
줄을 잡아당기는 양 손가락에 들어간 힘이
검버섯 핀 볼에서조차 수평선처럼 팽팽하다

생각하면, 저 짱짱한 매듭 같은 것이
사람들을 군산의 끄트머리 섬에 묶어두었다

표본

무당개구리를 채집하자마자 표본병 속에 넣는다
뚜껑을 살짝 밀쳐 닫는 동시에 포르말린을 붓는다
뒷다리에 들어간 힘이
용수철처럼 표본병 바닥을 차고 오른다
뚜껑까지 간 탄력이 반복해서
밑으로 떨어진다
녀석이 요동을 칠 때마다
입안으로 포르말린이 들어간다
식도와 심장을 거친 그 독성의 액체가
핏줄 속에서 진저리를 친다
완벽한 죽음에 다다르기 전에는
몸 구석구석에 남아 있는 신경들이
아직 살아 있다는 것을 수시로 확인할 것이다
대부분의 경우
죽음은 고통을 서둘러 받아들이지 않는다
아직 초점을 완전히 잃지 않은 듯
두 눈은 표본병 밖을 응시하고 있다
녀석이 뛰어다니던 웅덩이와 논두렁은

잠시 후에 붙여질
채집장소와 채집일시가 대신 기억해줄 것이다
간혹 출렁거리던 풍경이
더이상 흔들리지 않는다
아무것도 움켜쥐지 못한 손가락이
투명한 관(棺)을 짚고 있다
썩지 못할 죽음이 병 안쪽에 보존되는 순간이다

귀퉁이

세 시간 동안 꺼져 있었다 나는 자명종 시계보다 10
분 늦게 일어났다 현기증이 결근을 유혹했지만 허겁지
겁 봉제공장에 출근도장을 찍었다 미싱들이 여성용 내
의를 쉴새없이 만들어냈다 나는 포장대 위로 올라온 내
의를 여덟 시간 동안 기계처럼 상자에 집어넣은 후 그
것들을 창고로 운반했다 트럭이 오면 제품을 실어보냈
다 일과는 늘 그렇게 끝났다

그날도 성냥개비처럼 버스를 빠져나와 빈방으로 퇴근
했다 비어 있어야 할 방안엔 현기증이 들어와 앉아 있
었다 신경 쓸 힘조차 없었다 윗도리를 막 벗으려 했는
데 뭔가 내 머리를 강하게 내리쳤다 망치질은 멈출 줄
몰랐다 나는 모난 곳이 없으므로 정을 맞아야 할 이유
가 없다고 우겨댔지만 현기증은 막무가내였다 넌 사각
형의 귀퉁이야! 진작에 떨어져나갔어야 했어! 망치질
은 멈출 줄 몰랐다 내 몸의 많은 부분이 패어져나갔다
난 쓰러진 채 중얼거렸다 그래 난 떨어져나가야 했을
귀퉁이에 불과해

그제야 현기증이 창을 열고 나갔다 아침이 걸어오고
있었다

거미 2

한달 만의 식사다
나방은 즙이 많아서 좋다
위턱과 아래턱을 놀린 지 오래여서
입이 좀 뻐근하다 집주인이 들어온다
저 남자는 시를 쓴다
한달 전, 저 남자가 이사를 왔을 때
나는 안도의 한숨을 쉬었다
그도 그럴 것이 시인은 게을러서
화장실 귀퉁이에 세들어 사는 내 집을
빗자루로 걷어낼 일이 없기 때문이다
간만의 식사 탓일까
소화가 잘 되지 않아 자꾸 신트림이 나온다
밥 먹는 내 모습을 처음 보았겠지, 남자가
칫솔을 문 채 한참이나 나를 쳐다보고 있다
날개라도 한쪽 떼어줄까
남자도 나처럼 오랫동안 굶었는지 깡말라간다
생각하면 저 남자가 있어 외롭지 않았다
이곳에 들어올 때마다 지금처럼

내가 잘 있는지 먹이는 언제쯤이나 잡게 될런지
쳐다보곤 하던 따뜻한 눈길, 알기나 할까?
남자가 아픈 배를 누르며 변기에 앉아 있을 때나
양치질을 하다가 욱욱거릴 때면 나는
그물을 손질하고 있었다는 것조차 잊은 채
내가 대신 뒤틀려주고 싶었다
남자가 알몸을 씻은 날은
주린 아랫입에 손가락을 물려 또다른 허기를 달랬다
남자가 밖으로 나간다
다시, 지루한 기다림이 시작된 것이다

길

이파리 무성한 등나무 아래로
초록 애벌레가 떨어지네
사각사각사각,
제가 걸어야 할 길까지 갉아먹어서
초록길을 뱃속에 넣고 걸어가네

초록 애벌레가 맨땅을 걷는 동안
뱃속으로 들어간 초록길이 출렁출렁,
길을 따라가네
먹힌 길이 길을 헤매네
등나무로 오르는 길은 멀기만 하네

길을 버린 사내가 길 위에 앉아 있네

제2부

초승달

어둠 돌돌 말아 청한 저 새우잠,

누굴 못 잊어 야윈 등만 자꾸 움츠리나

욱신거려 견딜 수 없었겠지
오므렸던 그리움의 꼬리 퉁기면
어둠속으로 튀어나가는 물별들,

더러는 베개에 떨어져 젖네

단풍

맑은 계곡으로 단풍이 진다
온몸에 수천 개의 입술을 숨기고도
사내 하나 유혹하지 못했을까
하루종일 거울 앞에 앉아
빨간 립스틱을 지우는 길손다방 늙은 여자
볼 밑으로 투명한 물이 흐른다
부르다 만 슬픈 노래를 마저 부르려는 듯 그 여자
반쯤 지워진 입술을 부르르 비튼다
세상이 서둘러 단풍들게 한 그 여자
지우다 만 입술을 깊은 계곡으로 떨군다

섬

출항하기 직전에야 섬으로 가는 배에 올랐다
사람들은 너나 할 것 없이
풍경을 오리기에 바빴다 찰칵찰칵,
앞다투어 가위질을 하는 통에
바다는 금세 너덜거리는 신문지조각으로 변했다
저기요 잠깐만 비켜줘요
뱃머리에 서 있던 내 신체의 일부도
오려져나가고 있을 터였다 나는
오려져나간 오른팔로 담배를 피웠다
뻥 뚫린 해가 연기를 빨아마신 뒤
힘없이 떨어져 젖었다
겹겹이 잘려지던 바다로 배가
천천히 빨려들어갔다 공기방울처럼 떠오르는 섬
그 섬에 닿으려면 얼마나 더 가야 할까
멀미에 시달리던 나는 몸을 움츠렸다
속이 울렁거려 눈조차 뜰 수 없을 때
배는 이미 그 섬에 도착해 있었다
혼몽했던 나는 맨 마지막으로 배에서 내렸다

짙은 안개가 섬 전체를 감싸고 있어서
앞서 내려 걸어가던 사람들이 보이지 않았다
뱃고동 소리가 들렸을 뿐
섬을 떠나고 있을 배조차 보이지 않았다
희미하게 깔려 있는 길을 얼마나 걸었을까
울렁거리던 속이 가라앉을 즈음
안개가 걷히기 시작했다 순간 나는
어느 곳으로도 발을 뗄 수가 없었다
젠장, 바다를 밟고 서 있는 것이 아닌가
파도에 휩쓸려 안개섬을 빠져나왔을 때
탁구공처럼 떠오른 해가 막 뭍으로 기어오르고 있었다
안개섬과 앞서 내린 사람들의 안부를 궁금해하는 동안
허우적거렸을 팔이 심하게 결렸다

오이를 씹다가

퇴근길에 오이를 샀네
댕강댕강 끊어 씹으며 골목을 오르네

선자, 고년이 우리집에 첨으로 놀러온 건
초등학교 오학년 가을이었네
밭 가상에 열린 조선오이나 따줄까 해서
까치재 고추밭으로 갔었네
애들이 놀려도 고년은 잘도 따라왔었네
밭을 내려와 도랑에서 가재를 잡는디
고년이 오이를 씹으며 말했었네
나 는 니 가 좋 은 디
실한 고추만치로 붉어진 채 서둘러 재를 내려왔었네
하루에 버스 두 대 들어오는 골짜기에서
고년은 풍금을 잘 쳤었네
시오릿길 교회에서 받은 공책도 내게 줬었네
한번은 까치재 밤나무 아래서 밤을 까는디
수열이가 오줌싸러 간 사이에
고년이 내 볼테기에다 거시기를 해버렸네

질경질경 추억도 씹으며 집으로 가네
아무리 염병 떨어도
경찰한테 시집간 고년을 넘볼 순 없는 것인디
고년은 뱉어도 뱉어도 뱉어지지 않네
먼놈의 오이꼭다리가 요렇코롬 쓰다냐

염소의 똥이 둥글게 쏟아진다

한가하게 드러누운 11월 햇살 아래
염소의 등은 따뜻하다
그곳에 겹겹이 붙어 뒹구는 파리떼
더이상의 휴식처는 없다
검은색 등에 앉은 검은 점들
지나치게 안전하다
세상과 색깔을 맞추면
일상은 얼마나 편안해지는가, 더러는
젖꼭지에 붙어 젖을 빠는 여유만만한 파리

누구를 위한 배려인가
염소는 다리 곧추세우지 않고
편히 엎드려 마른 풀을 뜯는다
껌뻑껌뻑 졸린 눈으로
늘어진 뱃살 천천히 채운다
고삐의 길이를 아는 염소
전봇대를 중심으로 그려지는 반경 바깥은
함부로 욕심내지 않는다

신선한 풀 쪽으로 맴돌수록 좁아지는 원의 크기
염소가 매어진 들녘에 가면 알 수 있다
그의 배설물이 왜 둥글게 쏟아지는가를

한가하게 드러누운 11월 햇살 아래
염소의 등은 따뜻하다
털 헤집는 바람에도 끔적하지 않는 파리떼

봄소풍

봄비가 그쳤구요
햇발이 발목 젖지 않게
살금살금 벚꽃길을 거니는 아침입니다
더러는 꽃잎 베어문 햇살이
나무늘보마냥 가지에 발가락을 감고 있구요
아슬아슬하게
허벅지 드러낸 버드나무가
푸릇푸릇한 생머리를 바람에 말리고 있습니다
손거울로 힐끗힐끗
버드나무 엉덩이 훔쳐보는 저수지,
나도 합세해 집적거리는데
얄미웠을까요, 얄미웠겠지요
힘껏 돌팔매질하는 그녀,

손끝을 따라 봄이 튑니다

힘껏 돌팔매질하는 그녀
신나서 폴짝거릴 때마다

입가에서 배추흰나비떼 날아오릅니다
나는 나를 잠시 버리기로 합니다

민달팽이

그가 귀가를 한다
저 민달팽이의 등은
지나치게 가벼워서 무거워 보인다

걷는다는 표현은
그에게 어울리지 않는다
바닥까지 처진 어깨가
천천히 길을 밀고 나간다
언제부터인가 그에게는
늘어진 양어깨가 다리였으므로
빨래처럼 처진 몸이 조금도 어색하지 않다
어깨에 신는 신발은 없으니, 당장
닳아질 희망의 뒤축이 없어서 좋겠다 그에게도
한때는 감미로운 집이 있었다
아이스크림 같은 집,

너무나 달콤하게 흘러내린
똥 같은 집

46

똥집도 안 파는 포장마차 같은 집
잠시 멈춘 그가 집을 지나친다
어쩌다가
아이들만 누수시켜놓은 집

한사코 그의 목에 감겨 있는
저 실없는 실업,
그의 목을 한껏 조이고 있다

옹이

느티나무 둥치에 옹이가 박혀 있네
여린 곁가지에 젖을 물려주던 마음
젖꼭지처럼 붙박여 있네

정이 어머니는
옷을 개거나 쌀을 씻다가도
왼쪽 가슴에 손을 얹어보네
손가락 사이로 더듬어져야 할
꽃봉오리는 만져지지 않네
상추쌈 먹고 젖을 먹이면 초록똥을 쌌지

꽃잎 떨어져나간 자리에 옹이가 박혀 있네
배냇니로 젖을 빨던 정이는 시집을 갔네
감정을 절제해도 절제된 가슴이 우네
암(癌), 이제는 암시랑 안혀
정이야, 무너질 가심이 없응께 참 좋다

거울 속의 가슴을

거울 밖의 어머니가 내리쳤을 때
도려져나간 가슴이 젖을 흘렸네
정이 친정집 목욕탕엔 거울이 없네
움푹 들어간 가슴이 비치지 않네

세상의 상처에는 옹이가 있네

띠쟁이고모네 점방

하례마을 어귀엔 가게가 있다네
한번도 간판을 내건 적은 없지만
누구나 띠쟁이고모네 점방이라 부른다네

날짜 넘긴 빵이 진열대를 부풀리는 동안
냉수 한잔에 목을 축인 띠쟁이고모가
호미를 들고 한들한들 걸어나가고 있네
진입로 양쪽에 욕심껏 심어놓은 코스모스가
잡풀에 눌려 몸살을 앓고 있을 터이네

바로 앞 정각엔 논에 다녀온 노인들이
매미의 울음을 베고 낮잠에 빠져 있네
처마 끝이 소나무에 받혀진 구멍가게 안에는
띠쟁이고모 손자가 또박또박 장부를 적고 있네
석주아자씨 이홉드리소주 한병 외상

누렇게 익은 호박 한덩이와 애호박 한덩이가
안방으로 들어와 오순도순 살아가는 점방

뒷간 지붕에 열린 조롱박에서 구린내나지 않듯
내력은 거칠어도 마음은 꽃길을 가꾸는
정읍군 산내면 하례마을 입구엔 띠쟁이고모가 산다네

풀 매고 돌아오는 띠쟁이고모 들어서기 무섭게
막걸리 한사발 얼른 떠다가 술상 봐오는
똘방진 아이가 산다네

성에꽃, 그 구멍으로

사람의 방으로 들어오지 못한 겨울바람들
거처 없이 떠도는 물의 씨앗 모아
온실 같은 유리창에 성에꽃을 피운다

태양이 침범하면
성에꽃은 애벌레처럼
창틀에 꾸불텅 기어내려와 앉아 있다가
아무도 몰래 겨울 속으로 날아가곤 하였다
그중 몇 녀석은 태양이 나타나기 전에
담배에 붙여진 불꽃과 대항하다가
작고 둥근 구멍 하나둘 정도 남겨놓고
투명한 혈구를 흘리며 죽을 때도 있었다
그럴 때면 나는 그 구멍으로
동태가 된 빨래를 밟아 말리는
까치를 볼 때도 있었고
빨간색 구두굽 소리내던 암캐가
여관을 빠져나오고 있는 풍경을 목격하기도 하였다

오늘 아침엔 그 구멍으로 똥을 보았다
죽을 똥 살 똥 아등바등하는 내 똥을 보았다

제3부

감꽃

옹알종알 붙은 감꽃들 좀 봐라
니가 태어난 기념으로 이 감나무를 심었단다
그새, 가을이 기다려지지 않니?
저도 그래요, 아빠

웬, 약주를 하셨어요? 아버지
비켜라 이놈아, 너 같은 자식 둔 적 없다!
담장 위로 톱질당한 감나무, 이파리엔 햇살이
파리떼처럼 덕지덕지 붙어 흔들렸다
몸을 베인 뒤에야 제 나이 드러낸 감나무
나이테 또박또박 세고 또 세어도
더이상의 열매는 맺을 수 없었다

아버지 안에서
나는 그렇게 베어졌다

그해, 장마는 길었다
톱으로 자를 수 없는 것은 뿌리였을까

밑동 잘린 감나무처럼 나도
주먹비에 헛가지를 마구 키웠다
연하디연한 어머니의 말씀에
나는 쉽게 몸살을 앓는 자식이 되기도 했지만
끝내 중심은 서지 않았다
이듬해 우리는 도시로 터를 옮겼다

아버지는 지난 겨울에 흙집으로 들어가셨다
사람들은 가장 큰 안식을 얻었다고 했다

왜 찾아왔을까
상추밭이 되어버린 집터
검게 그을린 구들장 몇개만 햇볕에 데워져 있다
세상 겉돌던 나무 한그루
잘려진 밑동으로
감꽃이 피려는지 곁가지가 간지럽다

미싱 창고

공장에선 졸음이 가장 무서운 벌이다
성우 총각 어젯밤에 뭐했어!
실밥 따던 아줌마들
힐끗힐끗 곁눈질하다
입을 막고 킥킥댄다
딱, 5분만 자면 피로가 풀릴 것 같아
나는 화장실에 가는 척
김반장의 시선 피해
미싱 창고로 발길을 옮긴다
문을 당기니
기름냄새 일부가 황급히 나가다 말고
소나기에 막힌다
천막으로 지어진 창고엔
빗소리가 차곡차곡 채워진다
나는 고장난 미싱에 엎드려
빗물 쌓이는 소리 듣다가
잠을 잔다
는 생각을 잊는다

지도리미싱 두 대, 랍바미싱 두 대, 본봉미싱 석 대,
오바미싱 두 대, 수소미싱 한 대, 도매미싱 한 대,
보조사원 박성우 한 대,
고장나 있다

몸에 미싱바늘 꼽은 채
수리를 기다린다

소록도

1

그새, 음력 초닷샌가 봐요
하늘의 손톱이 징허게 고운 거 봉께
오늘맹큼은 파돗날에 베이는 몸, 쓰라리지 않다 할라
요

2

섬이라 말하기엔 뭍이 너무 가깝습니다
뭍이라 말하기엔 사람들이 너무 멀구요

3

녹동항의 포말이 사라지기나 했을까
전화번호 하나 찾아낼 겨를도 없이
섬에 나를 내려놓고 떠나는 소록 1호
다시는 뱃머리 구경할 일 없을 거란 듯

제 그림자 주섬주섬 챙겨 떠난다
부두 위 바위는 글씨를 놓치지 않으려
바람 등진 채 몸 깊이 끌어안고 있다
나병은 낫는다
낫 같은 나병

붉은 줄 긋던 생각들,
건너온 바다로 털어내며 올라가다 보니
돌계단에서 풍금소리가 난다
나에게도 계이름 몇개가 아직 남아 있구나
정상의 갈림길 지나 유치원의 유리창을 훔친다
아이들의 시선을 손가락 끝으로 당겨
놓치지 않는 이앙즈요셉 수녀
박선생의 인사에 순간,
수녀님은 팽팽한 실들을 놓친다
기도하러 갈 시간 다 되었다며 재촉하는 동행길
공원의 보리피리 바위는
팔베개한 채 바다만 바라보고 있다

4

눈사람은 손가락이 없고 발가락도 없다

5

이곳에선 나무도 이정표가 되어준다
미사 올리고 발자국 수 헤아리며
숙소로 향하는 도민고 할배 지팡이
사소한 가지 하나라도 꺾지 말아라,
씀벅씀벅 그것 하나 꺾으면
성당에서 돌아오는 도민고 할배
길 잃고 헤매리라

망둥어

망둥어 잡을 땐 망둥어가 그만이다
망둥어 살 댕강댕강 잘라
미끼로 끼워 던지면 덥석덥석 물어댄다
이놈들은 시시한 입질 따윈 하지 않는다
단 한번의 시도로 목표물에 덤벼든다
줄을 조금만 늦게 당겨도
바늘은 이미 뱃속에 들어가 있다
망둥어 잡을 땐 망둥어가 그만이다

깔끔하게 균형 잡힌 세상
박과장 잡을 땐 구조조정이 그만이다

구름이 달을 물었다가
목에 걸렸는지 금세 뱉어놓는다
노련한 구름이 빠져나간
저, 미끼 없는 바늘달

며칠째 망둥어 낚던 박과장이 걸려 있다

참새

1

봉제공장 안에서 그 참새는 바빴다
미싱기술이 없으므로
옆구리합봉, 소매부착, 어깨끈달이 언니들에게
원단을 날라야 했고 실을 날라야 했다
그 참새는 문이 열려 있어도
밖으로 나가지 않았다 아니 나가지 못했다

화장실에 박혀 눈이 퉁퉁 부어 나오기도 하던
스무살도 안된 그 참새는
안마시술소가요주점여인숙모텔룸싸롱간판들에
한번쯤 앉아볼까
생각한 적이 있었단다

왜냐고 묻지 않고도 알 수 있는 답이 있다
봉급날이 제일 싫어요

2

아이스크림을 먹고 있는
저 참새는 미싱사다
어깨끈달이,
사람들은 저 통통한 참새를 이렇게 부른다
고급 속옷의 어깨끈 봉합은 저 여자의 몫이다

어깨끈달이는 생리를 하지 않는다
그의 나이 스물셋
어깨끈달이는 토요일 오후가 없다

해태 브라보콘 흘러내리지 않았지만
어깨끈달이의 손가락이 하얗다
바늘에 찔려 반창고가 감긴 검지,
휴식시간엔 홀어머니 전화번호 눌러야 한다

생솔

눈은 언제나 치매밭골이 먼저 녹았다
구슬치기에 소질이 없던 나는
춘란이 유난히 많은 그곳에 올라 겨울방학을 보냈다
빨치산이 살았다 하여 아이들은
내 뒤를 따르지 않았지만
꼭, 엄마 치맛자락처럼 생긴 그곳은 혼자 가도 좋았다

아버지는 빚 때문에
그해 겨울도 돌아오지 못했다
우리집엔 여느 집처럼 외양간 옆에
장작더미가 없었고 낯익은 얼굴들이
아버지의 소식을 묻곤 했다
정지에서 시래깃국 끓이던 셋째 누나는 가끔
생솔가지를 아궁이에 넣고 움츠려 있었다
한번은 연기가 맵다고 투덜거리는
내 등을 한참 동안이나 안고 있었는데
불에 던져진 생솔보다 더 끈적이는 송진을 흘렸다

성냥개비가 되어가는 줄 모르는 어머니는
베틀에 앉아 삼베 품을 팔고 늦은 밤에 돌아오셨다
그런 이유로 우리들은
남의 집 반찬에 익숙해져갔다
국민교육헌장 외우기에 좋았던 치매밭골,
그곳에선 솔방울 반 포대 줍는 동안
외우지 못할 것이 없었다 하지만
대부분은 갈퀴나무를 하기 위해 그곳에 올랐다
갈퀴나무 흩어지지 않게 생솔가지 꺾어
칡넝쿨로 묶어오곤 했다

서울로 돈벌러 갔던 큰누나 내려오던 날
성적표를 본 누나는 부지깽일 들었지만 나는
따순 물 끓이며 생솔에 묶여진 갈퀴나무
아끼지 않았다, 밥 안치던
큰누나는 눈 속에 생솔을 태우고 있었다

선물

입암댁 셋째 딸이 친정 집을 찾았다
골목 어귀에서부터
그 여자를 알아보는 동네사람들은
입암댁을 드러내고 부러워했다
핫따 저 선물 보따리 쪼까 보소
어버이날마다
한 해도 거르지 않고 찾아오는 그 여자,
아들의 손에는 빨간 카네이션이
막대사탕처럼 들려 있었다

선물 꾸러미와 카네이션이 쉬고 있는 동안
그 여자는 그릇들을 부엌 앞 토방으로 꺼내었다
목욕을 마친 접시와 냄비가 제자리로 들어간 뒤에도
그 여자는 행주와 걸레를 여러번 더 빨았다 마루에
걸터앉은 햇볕이 맨살을 부끄러워하고 있었다

그 여자는 밤새껏
입암댁의 쭈글쭈글한 가슴을 더듬었다고 했다

그날 뒤로 넉 달이 넘게 지나갔지만
그 여자는 친정 집을 나서지 않았다

포장지를 뜯기 전에는
어떤 선물이 포장되어 있는지 알 수 없었다

방

땅콩은 껍데기가 방이다
하지만 그 안에서 채 한바퀴를 돌지 못한다

좀 헐렁해도 나쁘진 않겠다
형에게 물려받은 바지처럼
옷장을 두어번 접으면 나,
이 방에 누워 빙그르 돌만 하겠다
어둠이 두꺼운 이 방은
커튼으로 가려야 할 창문이 없다
허나 나는 하루에 두 번 정도 커튼을 연다
가는 철사가 잡고 있는 그것을 젖히면
일그러진 얼굴이 환해지는 식기와 라면봉지
일찍이 끼니와 관련 없는 유적이 있었던가
이 방은 얼핏 보면 한 칸이지만
두 칸으로 나뉘어 있다 조금만 눈여겨보면
문이 있던 흔적을 어렵잖게 발견할 수 있다
생활정보신문에도 이렇게 나왔었다
지하방 1칸 입식부엌 1칸 완전개조

물기가 깊게 뿌리를 내린 이 방의 벽면엔
단 며칠 만에 빵끗빵끗 검푸른 꽃이 핀다
나를 위해 꽃잎 벌리는 그녀
오늘은 그녀가 온다

어두워서 좋은 방이다

굴비

노인은 눈을 감지 않고 있었다

편지함에서 떨어진 우편물처럼
마당 바깥쪽에 낮게 엎드린 노인은
왼팔의 극히 일부만을
파란 대문 안쪽에 들여놓은 채 싸늘하게 굳어져 있었다
노인의 오른팔에 쥐어진 검정봉지엔
비틀비틀 따라왔을 술병이 숨막힌 머리를 겨우 쳐들
었다

처마 밑에는 누군가 보내준 굴비 한두름이
대문 틈 사이로 밀려지던 손가락을 지켜본 듯
놀란 입을 다물지 못하고 있었다

각지에서 내려온 핏줄들이 술렁이는 동안
노인은 마당 밖에서 하룻밤을 더 보내야 했다
집밖에서 일어난 일이라 저희도 어쩔 수 없어요
노인 옆에 있던 무전기가 반복해서 말했다

부검된 노인이 방안으로 옮겨지기 전부터
흑백사진 앞에 나란히 뉘워지던 굴비는
뜬눈으로 조문객을 기다리고 있었다

잔치 내내 생볏짚을 먹어야 했던 암소가
트럭에 실려나간 뒤 대문이 닫혀졌고 노인처럼
헛간으로 아무렇게나 버려지던 태우다 만 목발 하나,
밤마다 절름절름 빈 마당을 돌았다

조기는 굴비가 되어도 눈을 감지 못한다
석쇠에서조차 눈을 치켜뜨고
세상 조여오던 그물을 온몸으로 기억해낸다

누에

누에가 안방을 가져갔다

뒹굴며 숙제하기에 좋았던 마루는
뽕잎을 썰거나 다듬는 장소로 적당했고
우리는 광을 고친 방에서
둥근 잠을 자며 둥근 꿈을 꾸었다
누에가 가져다줄
모나미 연필 한 다스와 새 가방이
누나 입가에서도 웃고 있었다
잠꼬대를 하기에도 턱없이 비좁은 방이었지만
갓 따온 뽕잎에 엎드린 누에처럼
여덟 식구 모두 싱싱한 잠을 잤다

막내의 그림일기장에 그려진 통통한 누에는
겨우 연필로 뭉개진 뽕잎을 먹어야 했다
청소 시간에 주운 초록색 크레파스를 내밀던 날,
막내는 그것을 받자마자 그림일기를 썼다
큰누나는 훔친 것이 아니냐며 다그치기도 했지만

내 뒤통수를 측은해했다

누에는 실을 토하기도 전에 안방을 비워주었다
누엣구더기 때문이라 말했다 아버지는
누에섶에 불을 질러
우리들의 꿈도 함께 태워주셨다

그날 밤, 만취한 아버지는 누운 채로
명주실을 밤새 토해냈다
둥글고 거대한 고치 하나가
다음날 오후까지 이불에 덮여 있었다

막내는 더이상
그림일기장에 누에를 그려넣지 않았다

대나무는 나이테가 없다

한차례 비가 지나갔다

댓잎 무더기가 한껏 부풀어진 자리마다
젖꼭지 같은 죽순이 붉어져 있다
발가락과 발가락을 교신하여
새 생명을 밀어올렸을 터이다
애야, 가뿐한 속을 키우는 건 네 몫이란다

꽃상여와 행렬하던 대나무 깃발
그 만세 장대 들고 무덤까지 따라가면
궁핍했던 주머니가 두툼해지는 시절이 있었다
몇몇 동무들은 귀신이 붙는다 하여
그 돈으로 사주는 사탕조차 먹지 않았지만
나는 무릎까지 내리는 눈도 마다하지 않았다
벙어리장갑 하나 없는
후미진 아이들의 용돈 출처는 거기서 거기였다
엄니, 아부지는 언제쯤 돌아오신다요

오래된 대나무는 마디가 거칠다
관절이 뻐근한 몇몇 뿌리는
지상의 바람으로 통증을 치료하고 있다
어머니, 걸을 만 하세요?
내일은 꼭 병원엘 가보게요

오래된 대나무 같은 내 어머니

대나무는 나이를 세지 않는다

제4부

정읍역

방,
안의 거미줄만이 내 거처를 간섭하였다
그 외에는 잘못 걸린 전화도 없었다
더이상 절망할 이유조차 바닥을 보여
나를 위해 여장을 풀어주는 이, 뻔히
아무도 없을 정읍역에 앉아
국수 한사발, 찐 계란 두 개로
다른 세상 얼른
열어주던 정읍역에 앉아
누군가 버리고 간
비스킷 봉지에 붙은 햇살을
바스락바스락 먹어보는 바람
으로 정읍역에 앉아
겨우내 내리는 눈, 입 넘치게 받아 삼켜
마지막 말초신경까지 다 녹여내린 뒤에야
제맛이 난다는 동해안 덕장의 명태가 되고 싶던
정읍역에 앉아

기차

기차 지나간다
사내가 덜컹거린다, 덜컹
덜컹거리다 제자리에 박히는 별, 무더기별
쏟아지는 그리움은 아무도 막지 못한다
사내가 길다란 악보를 걷는다 멀리
멀어져간 하모니카를 분다
혼자 걷는 어둠속
칸칸이 들어 있는 멜로디는 쓸쓸한 법
기억에서 꺼낸 음표들이
개망초를 흔든다
사내는 길다란 노래처럼 걷는다
기찻길만 긴 것은 아니다

강천사에서

흙길이다
한적한 진입로 따라
속살 훤히 보여주는 피라미떼,
폴짝폴짝 뛰어 햇살 감아 올라간다
물살이 거칠어서
이 길 선택했을 저 무리들은
잘 닦인 길은 거슬러오르지 않는다
길은 넓을수록 따분하다
어느 절이었을까
아스팔트로 문 열던 그 절은
흉흉한 안팎의 소문들이 귀를 먹게 했다
극락교 지나온 사람들은
대웅전에서 합장을 한다
간절한 소원이 누구에게나 한가지쯤은 있는 법
허나, 일찌감치 세상에 단풍든 나는
빌어야 할 것들이 지나치게 많아 그냥 지나친다
내 육신 외의 것들에 대하여
손을 모아본 적이 있었던가

운동화가 더이상 커지지 않기 시작한 뒤에도
긴박한 속보조차
승늉처럼 쉽게 소화시키지 않았던가
쉰내 나는 몸, 씻어보자는 속셈인가
약수 한대접 거뜬히 마신다
길다란 쇠줄로 연결된 구름다리를 건넌다
한발만 움직여도 흔들린다
벼랑도 마음을 닮은 걸까
올려다볼 때보다
내려다볼 때 더 위태롭다

찜통

내가 조교로 있는 대학의 청소부인 어머니는
청소를 하시다가 사고로
오른발 아킬레스건이 끊어지셨다

넘실대는 요강 들고 옆집 할머니 오신다
화기 뺄 땐 오줌을 끓여
사나흘 푹 담그는 것이 제일이란다
이틀 전에 깁스를 푸신 어머니,
할머니께 보리차 한통 내미신다

호박넝쿨 밑으로 절뚝절뚝 걸어가신다
요강이 없는 어머니
주름치마 걷어올리고 양은 찜통에 오줌 누신다
찜통목 짚고 있는 양팔을 배려하기라도 하듯
한숨 같은 오줌발이 금시 그친다

야외용 가스렌지로 오줌을 끓인다
찜통에서 나온 훈기가 말복 더위와 엉킨다

마당 가득 고인 지린내
집밖으로 나가면 욕먹으므로
바람은 애써 불지 않는다
오줌이 미지근해지기를 기다린 어머니
발을 찜통에 담그신다 지린내가 싫은 별들
저만치 비켜 뜬다

찜통더위는 언제쯤이나 꺾일런지
찜통에 오줌 싸는 나를 흘깃흘깃 쳐다보는 홀어머니
소일거리 삼아 물을 들이키신다

막둥아, 맥주 한잔 헐텨?
다음주까정 핵교 청소일 못 나가면 모가지라는디

황홀한 수박

잘 익은 수박은 칼끝만 닿아도 쩍,
벌어진다 내가 사랑하는 그녀는 혀끝만 닿아도 쩍,
벌　어　진　다
수박물에 떨어져 젖은 삼각 티슈처럼
붉은 속살에 스민 황홀한 팬티, 입을 쩍,
벌려 혀끝으로 벗겨낸다

수박씨처럼 음모를 뱉어내기도 하면서
마른침만 삼키곤 했던 수음의 사춘기를 서른에 버린다

콩나물

너만 성질 있냐?
나도 대가리부터 밀어올린다

겨울 둥지

1

지렁이처럼 마른 손으로
서로를 꼬옥 부둥켜안은 까치집,
세상을 둥글게 내려다보고 있다

2

포플러나무 위로 눈 내린다
야근이 없어진 귀금속공장 정문 앞에
보름달 대신 빈 까치집이 멀겋게 띄워진다
반지를 세공하다 새벽녘에 지친 김씨,
힘 좋게 오줌 싸다가 올려다볼 일도 없는데
저만 혼자 떠 있다
마구 파고드는 송곳바람
힘겹게 힘겹게 참아내면서

눈이 멈춘 휴일 아침

빈 둥지는
부화의 습성을 버리지 못하는가
공룡알처럼 큰 알을 깊게 품고 있다

어미까치는 뵈지 않는데
햇살에 눈부신 흰 껍질이 깨어진다
후드득,
포플러나무 밑동을 밟는 겨울의 태동

민둥머리새

어디서 굴러먹다가
강변으로 터를 옮겼는지 민둥머리만 반짝였다
홍수가 시작될 때쯤부터 날아들기 시작한 녀석들은
강물 일렁이는 소리를 좋아하는 것 같았고
볕이 좋은 날은 도란도란 모여 해바라기를 했다
그러다가 햇발이 단걸음에 산을 넘어가고 나면
검게 그을린 몸을 뉘어
좁쌀 같은 별을 앞다투어 쪼아댔다 게으르기
짝이 없는 그 녀석들은 비가 오는 날에야
빗방울에 뭉툭한 부리를 닦는 정도였다
진눈깨비가 내리는 날조차
몸을 잔뜩 움츠리고 있을 뿐
날개를 움직거리는 일은 거의 없었다 듬성듬성
뿌리를 뻗은 이불 같은 갈대가 없었다면
녀석들은 진작에 얼어죽었을지도 모른다
오늘은 강변에 썰매를 타러 온 몇몇 아이들이
녀석들을 발견하곤
살얼음이 낀 강으로 휙휙, 날려보냈다

녀석들이 휘이잉휘이잉 울며 살얼음을 치고 날아갔다
그랬지만 아이들 중 그 누구도
조금 전에 날려보낸 것이
민둥머리새라는 것을 눈치채지는 못했다 날개도 없이
살얼음 위에 둥둥 떠 있는 저 민둥머리새들,
봄이 오면 하구로 하구로 물살에 떠밀려가다가
어느 한적한 바닷가에서
좀더 매끈해진 민둥머리를 내밀 것이다 나는
그대에게 선물할 민둥머리새 한마리를
바지주머니에 넣고 강변을 벗어난다

두꺼비

아버지는 두 마리의 두꺼비를 키우셨다

해가 말끔하게 떨어진 후에야 퇴근하셨던 아버지는 두꺼비부터 씻겨주고 늦은 식사를 했다 동물 애호가도 아닌 아버지가 녀석에게만 관심을 갖는 것 같아 나는 녀석을 시샘했었다 한번은 아버지가 녀석을 껴안고 주무시는 모습을 보았는데 기회는 이때다 싶어 살짝 만져보았다 그런데 녀석이 독을 뿜어대는 통에 내 양 눈이 한동안 충혈되어야 했다 아버지, 저는 두꺼비가 싫어요

아버지는 이윽고 식구들에게 두꺼비를 보여주는 것조차 꺼리셨다 칠순을 바라보던 아버지는 날이 새기 전에 막일판으로 나가셨는데 그때마다 잠들어 있던 녀석을 깨워 자전거 손잡이에 올려놓고 페달을 밟았다

두껍아 두껍아 헌집 줄게 새집 다오

아버지는 지난 겨울, 두꺼비집을 지으셨다 두꺼비와

아버지는 그 집에서 긴 겨울잠에 들어갔다 봄이 지났으
나 잔디만 깨어났다

　내 아버지 양 손엔 우툴두툴한 두꺼비가 살았었다

취나물

아버지 산소에 다녀오신 어머니는
고사리와 취나물을 잔뜩 뜯어 오셨어요
머리엔 솔잎이 머리핀처럼 꽂혀 따라와
마루에서야 뽑아졌구요 어머니는
두릅이 죄다 쇠서 아깝다고 몇번이나 되풀이하며
무심히 떠난 아버지를 중얼거렸는지 몰라요
가족사진에 한참이나 감전되어 있던 어머니가
취나물을 다듬기 시작했어요
어머니는 웬일인지 연속극을 보지 않으셨어요
왜 그랬을까요 어머니는
아버지 냄새에 취해 있었던 건 아닌지
느그 아부지는…… 느그 아부지는……
취나물은 다른 때보다 아주 천천히 다듬어졌어요
느그 아부지는 취나물을 별시럽게도 좋아혔는디,
어머니가 갑자기 훌쩍거리기 시작했어요
그러게 취나물은 뭣허러 뜯어와서 그려요,
그런 어머니가 미워서 나는 방을 나왔어요
사실은 나도 울 뻔했으니까요 그리고 다짐했어요

내일 아침상에 올라올 취나물은 쳐다도 안 볼 거라고,
별들도 이 악물고 견디고 있었어요

반나잘 혹은 한나잘

내 어머니 집에 가면
새실 한약방에서 얻은 달력이 있지
그림은 없고 음력까지 크게 적힌 달력이 있지
그 달력에는
'반나잘' 혹은 '한나잘'이라고
삐뚤삐뚤 힘주어 기록되어 있지
빨강글씨라도 좀 쉬지 그려요
아직까정은 날품 팔만 헝게 쓰잘데기없는 소리 허덜
말어라
칠순 바라보는 어머니 집에 가면
반나절과 한나절의 일당보다도
더 무기력한 내가 벽에 걸릴 때가 있지

싸라기밥풀

싸라기눈이 윙윙거리다 닭장 속으로
주걱의 밥풀처럼 달라붙는다
숯검정 같은 오골계 두 마리가
진짜 싸라기밥풀인 줄 알고
허겁지겁 떼어먹는다
별똥별 주워먹으러 강길을 거슬러 가다가
긴 해 허기지게 떼어먹던 나처럼

그래,
그 싸라기밥풀 눈 더 떼어먹으렴
별로 손해볼 건 없잖아?
뭔가를 굳게 믿고
육신을 바삐 움직일 때가 좋은 법이지
물먹는 셈이지만 어쨌든
허기진 배는 채울 수 있을 거야

빨판상어

K섬유는 팬티를 만드는 하청공장이다
그 공장엔 빨판상어가 붙어산다
여공들은 그 기생성 물고기를 김부장이라 부른다
김부장은 지금 사우나를 하고 있다 물론
김부장은 업무차 본사에 있는 것이다
그냥 있는 것이 아니고
다음달 일거리를 조금이라도 확보하기 위해
허리를 굽히고 있는 것이다, 굽신굽신
김부장은 K섬유 사장을 주무르는 대가로
여공들이 받는 월급의 네 배를 챙긴다
그럼에도 늘 먹이가 부족한 김부장은
뒷골목에서 부스러기를 챙긴다
납품만큼은 직접 나가는 김부장은
월말마다 나가는 납품창고가 헷갈리는 것인지
매번 다른 방향으로 운전대를 돌린다
뿐만 아니라 김부장은
어린 여공들이 흘린 사생활을
비늘이 다치지 않게 덮치기도 한다

봉제공장 부장답게 어린 여공들의 입 꿰매는 법을
김부장은 익히 알고 있다

내소사 꽃창살

등푸른 햇살이 튀는 전나무 숲길 지나
내소사 안뜰에 닿는다
세 살배기나 되었을 법한 사내아이가
대웅보전 디딤돌에 팔을 괴고 절을 하고 있다
일배 이배 삼배 한번 더,
사진기를 들고 있는 아빠의 요구에
사내아이는 몇번이고 절을 올린다
저 어린것이 무엇을 안다고,
대웅보전의 꽃창살무늬 문이 환히 웃는다
사방연속으로 새겨진
꽃창살무늬의 나뭇결을 손끝으로 더듬다보니
옛 목공의 부르튼 손등이 만져질 듯하다
나무에서 빼낸 옹이들이
고스란히 손바닥으로 들어앉았을 옛 목공의 손
거친 숨소리조차 끌 끝으로 깎아냈을 것이다
결을 살리려면 다른 결을 파내어야 하듯
노모와 어린것들과 아내를 파내다가 이런!
꽃·창·살·무·늬
옹이 박힌 손에 붉게 피우곤 했을 것이다

깨꽃

우리가 늦게 도착한 민박집 텃밭에는
참깨가 첫 꽃잎을 막 터트리려 하고 있었다
흰색 같기도 하고 분홍색 같기도 한
그대 봉긋한 꽃봉오리
자꾸만 부풀어올랐다 소리 지르고 싶어!
날 밝도록 입술 깨물며,

참깨는 그해 가장 더운 여름날을 골라
연분홍 꽃 피운다

그대 없는 빈방이 허전하다

미이라

명치에 숨구멍 뚫어
그리움을 겨우 견뎌내던 어둠의 깊은 침묵
두 눈을 막무가내로 찌르며 쏟아지는 뾰족한 별들,
소금기 머금은 그대가 볼을 타고 콧잔등으로 흘렀네
상처는 덧나기 전에 치유해야 하는 법, 허나
잊자고 이 악물수록 욱신거리는 그대
바싹바싹 타들어가던 낙엽이 몸을 뒤틀었네
새벽녘에야 우격다짐으로 달래 보내곤 했던
독약 같은 그대와의 추억,
나보다 먼저 방문 열고 들어와 쪼그려 앉아 있었네
빈방에서 나는 독주를 마시지 않았네 날마다
나를 들이켠 독주는 나를 좌변기에 밀쳐넣었고
더러는 휴지통 속에도 버렸네 그럼에도 독주는
전날의 기억을 기억하지 못했네 하루는
그저, 쓰러진 술병만 손가락으로 가리켰네
그럼 제가 술병인가요? 내가 나를 보았을 때
나는 술병이 아니었네 거죽만 남은 미이라였네
미이라는 무덤 속에 있어야 하므로 좁은 방은

기꺼이 무덤이 되어주었네
무덤은 좀 무너져 있어야 무덤답지, 무너진 사랑이
없는 그대를 만지작거렸네
거죽만 남은 미이라는 끝끝내 그대만 고집했네

촛농

햇살이다
우시몬 할아버지가 성당 앞에 앉아
몽당연필 같은 손으로 단추를 채우고 있다
한마디씩만 남겨진 손가락에 감겨 있는 반창고
타다 만 양초처럼 뭉툭하고 하얗다
단추 구멍이 좁으면 쉽게 풀리지 않지만
그만큼 채우기도 힘든 법
풀린 단추 하나가 끼워지지 않는다
반 무릎으로 앉아
내가 대신 윗도리 단추를 채워드린다
열일곱살에 이곳 소록도로 들어왔다는
우시몬 할아버지가 나를 내려다본다
촛농처럼 녹아내리는 진물,
눈동자 없는 눈에서 흘러내린 누런 촛농이
내 오른 손등 위로 한방울 떨어진다
속물 든 말초신경들이
일제히 움찟하다가 앉은 자세로 멈춘다
지켜보고 있던 유치원 수녀님이

아무렇지도 않다며 손수건 내미신다
촛농에 데인 속내가 닦여지지 않는다

나머지 육신을 위하여
똑같이 두 마디씩 녹아내린 손가락들과
지팡이 하나 쥐어주고 타들어간 눈동자들은
어디에 흩어져 우시몬 할아버지를 기다리고 있을까

망해사

심포에는 바다에 몸을 던지려다가
문득, 머리를 깎은 뒤
제 스스로 절이 된 망해사가 있다
시퍼렇게 깎은 머리를 한 채
벼랑 끝에 가부좌 틀고 앉아 수행하는
망해사 낙서전이 있다

망해의 생살을 밀고 나온
검붉은 사리 하나 서해로 떨 어 진 다
닳아진 염주처럼 떠 있던 고군산열도,
바닷물 붉게 그 사리를 닦는다

잘 씻겨진 보름달이 젖은 채로
곧 올려질 것이다

친전
아버지께

아버지 안녕히 가세요
인공호흡기를 뽑는 일에 동의했어요

병에 걸린 오골계의 맥풀린 똥구녕 같은
보름달이 떴어요
회백색 분비물이 제 얼굴로 쏟아지고 있어요
아버지 그거 아세요 오늘이 성탄전야라는 거

탄일종이 울리고 있어요

끝으로, 제 남은 생의 모든 성탄절을 동봉하네요
아버지 안녕히 가세요

세상의 상처에는 옹이가 있다

강연호

1

시인 박성우가 처음 어떻게 시를 만났으며 왜 시를 쓰게 되었는지 정확히는 알지 못한다. 아마 이런 질문이 시인 자신에게 주어진다면 그조차도 분명한 답을 내놓지 못할 것이다. 물론 이런 질문은 독자들이 시인에게 흔히 던지기도 하는 것이기 때문에, 유형화된 답안이 미리 마련되어 있을지 모른다. 그렇지만 그것은 정확한 답일까. 질문 자체가 두루뭉술한 속성이 있고 딱히 검증을 요구하는 것도 아닐 테니까 답변도 역시 적당하게 넘어갈 수는 있겠지만 말이다. 시인이 답변을 회피하거나 거짓을 말한다는 뜻이 아니다. 어쩌면 이 질문은 그 자신도 미처 의식하지 못했던, 가장 은밀하면서도 민감한 내면의 촉수를 건드리는 일이 될 수도 있다. 다시 말해 한 시인의 시적 상상력의 출발과정을 통해, 그가 욕망하고 고뇌했던 삶의

본질적인 문제가 무엇이었는지를 가늠할 수도 있는 것이다. 하지만 과연 그 시적 출발의 근거나 이유를 확연하게 밝혀낼 수 있을까. 차라리 모든 시쓰기 자체가 결국은 처음 어떻게 시를 만났으며 왜 시를 쓰게 되었는지를 되짚기 위한 환원론적 작업이 아닐까.

박성우 시인의 시적 출발에는 가난의 문제가 자리잡고 있다. 가난은 말하자면 그의 시적 상상력의 기원이라고 할 수 있는데, 이후 그의 시세계는 줄곧 이 문제를 기본 축으로 하여 확산되거나 응집되는 양상을 보여준다. 시를 포함하여 문학은 결국 지리멸렬한 세상의 결핍에서 비롯한 꿈이라고 할 것이다. 이때 세상의 결핍에는 여러가지가 있을 것인데, 그렇다면 그의 내면에서는 가난의 문제가 가장 절실했던 것일까. 그랬을 것이다. 그렇지 않다면 그의 많은 시편들에 나타나는 절박함은 잘 해명되지 않거나 혹은 엄살로 여겨질지 모른다. 그런데 가난이라니, 시인 자신으로서는 중요한 문제였는지 모르지만 그것은 사실 우리 시에서 그리 새로운 얘기라고 하기 어렵다. 가난 체험과 그로 인한 고통의 형상화는 굴절의 현대사와 어울리면서 얼마나 많은 시적 토양을 제공했던가. 그 새롭지 않은 얘기를, 21세기의 출발과 함께 시쓰기를 시작한 젊은 시인에게서 다시 듣는다는 것은 과연 어떤 의미가 있는 것인가(그는 2000년 중앙일보 신춘문예로 등단했다). 시적 상상력의 전개양상을 따라가면서 이러한 문제들을 생각해보기로 하자.

2

가난을 얘기하는 많은 시들이 대개 그렇듯이 박성우의 작품에도 가난은 어떤 관념으로서가 아니라 현실의 직접적인 체험을 바탕으로 그려진다. 관념으로서의 가난은 사실 얼마나 사치스러운가. 가난 체험은 또한 대체로 가족사와 함께 드러나는 것이 자연스러울 것이다. 그의 시편들에서 이러한 가족사를 만나는 것은 그리 어려운 일이 아니다.

아버지는 빚 때문에
그해 겨울도 돌아오지 못했다
우리집엔 여느 집처럼 외양간 옆에
장작더미가 없었고 낯익은 얼굴들이
아버지의 소식을 묻곤 했다
정지에서 시래깃국 끓이던 셋째 누나는 가끔
생솔가지를 아궁이에 넣고 움츠려 있었다
한번은 연기가 맵다고 투덜거리는
내 등을 한참 동안이나 안고 있었는데
불에 던져진 생솔보다 더 끈적이는 송진을 흘렸다

성냥개비가 되어가는 줄 모르는 어머니는
베틀에 앉아 삼베 품을 팔고 늦은 밤에 돌아오셨다

그런 이유로 우리들은
남의 집 반찬에 익숙해져갔다

　　　　　　　　　　　　　　　—「생솔」부분

　빚 때문에 떠도는 아버지와 삼베 품을 파는 어머니, 그
리고 남의 집 반찬에 익숙해진 누이들과 화자의 모습은,
시인의 가족사를 고스란히 축약하고 있다. 우리 시에서
가족사의 아픔은, 드물게는 역사의 문제나 가족간의 갈등
이 개입하는 경우도 있지만, 대체로 가난의 문제가 가장
중요한 인자로 작용한다. 아니 가족사의 아픔과 가난의
문제는 서로 어느 게 먼저인지 구별되지 않을 정도로 뒤
섞여 있는 경우가 대부분이다. 그 순서 자체는 사실 그리
중요하지 않을 것이다. 박성우 시인의 경우도 이 두 가지
는 서로 뒤섞이면서 그의 시적 상상력의 원체험으로 작용
한다. 시집 전편을 통해 그의 가족사를 재구성하면, 너무
거칠어 양손이 우툴두툴한 두꺼비 같던 아버지는 결국 돌
아가시고(「감꽃」「두꺼비」「친전」), 어머니는 칠순이 다 되도
록 자식이 다니는 대학의 청소부로 고생하고 계시며(「대나
무는 나이테가 없다」「찜통」「반나잘 혹은 한나잘」「어머니」), 누이
들과 막둥이인 화자는 가난한 집 아이들이 대개 그렇듯이
그러한 처지를 어쩔 수 없이 받아들인다(「싸라기밥풀」「생
솔」「누에」「취나물」). 가족을 얘기할 때 시인의 시선은 대체
로 처연하다. 그 이유는 물론 가난의 아픈 체험 때문이겠
지만, 그러한 처지를 벗어나지 못하는 데 대한 자괴감도

작용하여 더욱 그럴 것이다. 그래서 "칠순 바라보는 어머니 집에 가면/반나절과 한나절의 일당보다도/더 무기력한 내가 벽에 걸릴 때가 있지"(「반나절 혹은 한나절」)라는 탄식이 새어나온다.

특히 아버지의 죽음은 그와 가족들에게 큰 충격과 상처로 자리잡는다. 그의 작품에 직접 드러난 바에 의하면, 아버지의 죽음은 가족들이 "인공호흡기를 뽑는 일에 동의"(「친전」)하면서 맞이하게 된다. 왜 인공호흡기를 뽑아야 했는지는 밝혀져 있지 않다. 하지만 가난의 문제가 가장 큰 원인이었으리라는 점은 추정할 수 있다. 아버지의 죽음은 가장의 부재를 의미하지만, 가장의 자리는 엄밀한 의미에서 영원히 부재하지는 않는다. 그 부재한 자리는 어머니나 누이, 혹은 시인 자신 등 가족 구성원 중의 누군가에 의해 채워지게 마련이다. 아마 서로 의지해야 했을 테니까, 비록 경제적으로는 그렇지 못했더라도, 정신적으로는 구성원 모두가 가장 역할을 하지 않았을까. 시인이 이 시집 여러 곳에서 곤궁한 노동과 실업의 문제, 그리고 가장의 역할과 자괴감 등의 의식을 드러내고 있는 것은 이러한 연원을 갖고 있다.

1

내가 움직일 때마다 분비물을 흘리는 것은, 배춧잎에 붙어 있는 솜털이 내겐 덤불이기 때문이다

112

2

사내가 집을 나선다 저 사내는 볕을 두려워하는 달팽
이다 다행히 오늘은 햇살이 비춰지지 않는다 아니 이젠
비춰진다고 해도 무관할 것이다 사내에겐 꽃상추밭 같
은 공원이 생겼으니까, 실직한 저 사내의 딱딱한 집 속
에는 물렁물렁한 아내가 산다 건들기만 하면 젖무덤이
금세 봉긋해지는 그녀는 하루종일 통조림용 마늘을 깐
다 그런 이유로 사내의 눈이 매웠을까 사내가 눈을 훔
치며 지나간 골목이 축축하다

—「달팽이가 지나간 길은 축축하다」 전문

달팽이가 지나간 길이 축축한 이유는 직장을 잃은 가장
의 심사 때문이다. 사내는 실직을 하고 아내는 생계를 위
해 하루종일 통조림용 마늘을 깐다. 사내의 눈이 매운 이
유는 얼핏 마늘 때문인 듯 싶지만, 그것은 차라리 마늘 탓
으로 돌리고 싶은 자괴감이 작용했기 때문이다. 실직한
사내, 다시 말해 실직한 달팽이에게는 배춧잎의 솜털조차
과연 덤불이었을 것이다. 이 작품에서 달팽이는 그저 연
약한 벌레가 아니라 세상의 먹이사슬의 틈바구니에서 바
등거리다가 끝내 상처를 입는 대상으로 형상화된다.(이
작품의 달팽이는 다른 작품 「민달팽이」에서도 역시 실직
한 사내를 표상하고 있다.) 이 시인의 수일한 감각적 표

현은 이처럼 상처받는 연약한 대상을 묘사할 때 특히 빛을 발하는데, 아마 시인의 처연한 시선이 감각의 깊이를 동반하고 있기 때문이리라.

이 시집 여러 곳에서 드러나는 노동의 곤궁함이나 실업의 고통은 인간 존재를 철저하게 물화시킨다. 가령 과중한 노동은 화자를 떨어져나갔어야 할 '귀퉁이'에 불과하다고 몰아붙이거나(「귀퉁이」) 미싱 창고에서 5분의 새우잠을 자는 '보조사원 한 대'로 존재하게 하며(「미싱 창고」) 생리휴가도 주말도 없는 여공은 그저 '어깨끈달이'로 불려질 뿐이다(「참새」). 이밖에 구조조정으로 인해 망둥어처럼 낚이는 '박과장'이나(「망둥어」) 심지어 팬티공장에서 여공들의 삶을 착취하는 '김부장'조차도(「빨판상어」) 이 거대한 세상의 먹이사슬 속에서는 철저하게 물화된 대상일 뿐이다.

이러한 시편들이 절실하게 와닿지 않는 것은 아니지만, 시쓰기에 있어서 체험의 절실함이 작품의 미학적 위상을 반드시 보장하는 것은 아니다. 더구나 우리 시에서 가난 체험의 시쓰기는 이미 익숙한 얘기가 아닐 수 없다. 박성우의 시가 가진 미덕은 그가 가난의 문제를 절실하게 다루고 있는 데서 파악되는 게 아니라, 그것을 미적으로 형상화하는 시인의 자세에서 찾아질 수 있다. 그는 가난 체험을 어떠한 전략으로 포장하지 않는다. 가난을 형상화하는 시편들은 대체로 그 가난 때문에, 그리고 바로 그 가난을 타개하기 위해서라도, 세상에 대해 이러저러한 요구나 태도를 표명하게 마련이다. 그것은 어떤 경우에는 위악으로 나타나기도 하고, 더러는 허무주의로 귀결되기도 하며, 때로는 모순의 타개를 위한 적극적인 비판과 투쟁을 내세우기도 한다. 그런데 박성우의 시는 위악적이지도 않고, 허무적이지도 않으며, 그렇다고 공격적이지도 않다. 그라고 해서 왜 성질이 없겠는가. 과연 "너만 성질 있냐?/나도 대가리부터 밀어올린다"(「콩나물」)라는 식의 맞섬이 나타나기도 한다. 혹은 그라고 해서 왜 자기위안과 허무가 없겠는가. "거짓말이고 싶었던 세월"과 "안전핀 없는 일상"은 "차차 좋아질 거야, 밑도 끝도 없이/헛짚은 날들이 지금의 나를 증명해놓았네"(「개구리밥」)라는 절절한 투정을 낳기도 한다. 하지만 전체적으로 그의 시편들은 세상에 대한 이러저러한 요구나 태도를 표명하지 않는다. 그의 많은 작품들이 객관적 관찰의 어조를 띠고 있는 것도 이와같은 제어의 자세를 반영한다고 볼 수 있다.

3

젊은 시인들의 작품에서 직접적인 현실 체험을 바탕으로 하는 시편들은 대체로 아프다. 그 이유는 물론 크게 보면 우리 삶 자체가 아프기 때문이라고 할 수 있겠지만, 좀더 직접적으로는 시인들의 내면에서 아픔이 깊이 가라앉아 있는 게 아니라 아직 생생하게 들끓고 있기 때문일 것이다. 그들의 내면에 어찌 아픔의 정서만이 들끓고 있겠는가. 거기에는 아픔만이 아니라 외로움이나 슬픔, 분노, 고뇌 등 여러 감정들이 소용돌이치고 있을 것이다. 젊은 시인들은 그들의 내면에 들끓는 이런 감정들을, 좋은 의미에서 제어하지 않는다. 제어하지 않기 때문에 그것들은 거칠지만 생생한 감각으로 재현된다. 그 중에서도 아픔은 살아있다는 것을 가장 실감나게 환기시켜주는 감각이라고 할 것이다. 그런데 박성우의 시편들은 대부분 아픔을 그리면서도 그 아픔을 표나게 내세우지 않는다. 그것을 내면 깊숙이 받아들여 묵묵히 견디는 자세를 보여줄 뿐이다. 좋게 말해서 의젓하고, 어찌 보면 애늙은이 같은 이러한 태도는 오히려 낯설기조차 하다. 그는 벌써 세상의 지리멸렬함을 다 알아버린 것일까. 그럴지도 모른다. 세상의 지리멸렬함을 다 알아버린 사람이 취할 태도는 아예 유희나 혹은 초월을 택하는 것이 차라리 쉽지 않을까. 그는 그렇게 하지 않는다. 그는 세상의 지리멸렬함을 다 알아버린 자이면서도 또한 그것을 견디는 자이기 때문이다.

거미가 허공을 짚고 내려온다
걸으면 걷는 대로 길이 된다
허나 헛발질 다음에야 길을 열어주는
공중의 길, 아슬아슬하게 늘려간다

한 사내가 가느다란 줄을 타고 내려간 뒤
그 사내는 다른 사람에 의해 끌려 올라와야 했다

목격자에 의하면 사내는
거미줄에 걸린 끼니처럼 옥탑 밑에 떠 있었다
곤충의 마지막 날갯짓이 그물에 걸려 멈춰 있듯
사내의 맨 나중 생이 공중에 늘어져 있었다

그 사내의 눈은 양조장 사택을 겨누고 있었는데
금방이라도 당겨질 기세였다
유서의 첫 문장을 차지했던 주인공은
사흘 만에 유령거미같이 모습을 드러냈다
양조장 뜰에 남편을 묻겠다던 그 사내의 아내는
일주일이 넘어서야 장례를 치렀고
어디론가 떠났다 하는데 소문만 무성했다
누가 먼저랄 것도 없이 아이들은
그 사내의 집을 거미집이라 불렀다

거미는 스스로 제 목에 줄을 감지 않는다

ㅡ「거미」 전문

　이 작품은 한 사내의 죽음과 그 전말을 희미하게나마
제시하고 있어, 일종의 이야기구조를 품은 시로 읽을 수
있다. 이곳에 어떤 사내의 죽음이 있다. 그 사내는 양조장
사택의 누군가와 관련된 원한을 못 이겨 결국 죽음을 택
한다. 이런 점에서 그 사내의 죽음은 자살이다. 하지만 거
미가 스스로 제 목에 줄을 감지 않듯, 그 사내는 스스로

죽음을 택한 것이 아니다. 무엇인가가 그를 죽음으로 내몰았던 것이다. 이런 점에서 그 사내의 죽음은 타살이다. 대충 이러한 얼개를 담고 있는데, 이야기의 함축성만큼이나 이 작품은 여러 측면에서 겹의 구조로 읽을 수 있다. 사내는 거미이면서 거미의 먹이이기도 하고, 사내의 죽음은 자살이면서 타살이기도 하며, 거미줄은 거미의 생명줄이면서 동시에 죽음의 올가미이기도 하다. 곧 무심하게 잊혀질 죽음에 대한 냉정한 관찰의 시선은, 마지막 행에 가서야 겨우 한 줄의 주관적 논평을 덧붙여 놓고 있다. 하지만 그 주관적 논평이 세상의 섬뜩한 먹이사슬 같은 비정함을 보상하지는 못한다. 죽은 사람은 그저 죽은 사람일 뿐이라는 식의 무화를 겨우 견디고 있을 뿐이다. 여기서 한가지 덧붙인다면, 이미 앞서 살펴본 작품에서 달팽이가 그렇듯이, 거미도 역시 세상의 틈바구니에서 바둥거리다가 상처를 입는 대상으로 형상화되고 있다는 점이다.

세상이 가해자일 수 있다는 것, 세상이 그 사내를 죽음으로 몰았다는 것, 박성우의 시편들은 지리멸렬한 세상에서 그 결핍의 보상을 꿈꾸는 게 아니라 지리멸렬함 그 자체를 시화한다. 이와같은 도저한 인식을 글쎄 뭐라고 할 수 있을까. 하다 못해 그의 시쓰기에는 세련된 고독이나 우울, 혹은 우수의 분위기 같은 수사나 장식도 나타나지 않는다. 한 젊은 시인의 내면에서 세상의 지리멸렬함을 이처럼 있는 그대로 받아들여 견디는 자세가 과연 가능할까. 비관주의도 허무주의도 없는, 수사도 장식도 허영도 없는 이 자세를 뭐라고 할 수 있을까. 그것은 전략이 아니라, 차라리 절박 아닐까. 놀라운 것은 이러한 인식의 시편들이 어떠한 시적 전략의 동원보다 절실한 내적 울림을 낳는다는 점이다.

그의 이런 자세에 대해 미래의 전망이 보이지 않는다거나 수동적이라고 비판할 수 있을까. 도대체 우리 문학에서 적극적 응전의 자세가 부족하다는 식의 비판은, 대부분 비판을 위한 비판에 가까우며 고질적인 엄숙주의를 반영한다. 다만 이러한 자세로 인해 그가 달팽이나 거미처럼 쉽게 상처받으리라는 점을 지적할 수는 있겠다. 상처가 곧 시의 깊이가 되는 것은 아니겠지만, 상처의 깊이가 내면의 깊이를 낳고 그때 비로소 시도 깊어진다고 할 수는 있지 않을까.

등푸른 햇살이 튀는 전나무 숲길 지나
내소사 안뜰에 닿는다
세 살배기나 되었을 법한 사내아이가
대웅보전 디딤돌에 팔을 괴고 절을 하고 있다
일배 이배 삼배 한번 더,
사진기를 들고 있는 아빠의 요구에
사내아이는 몇번이고 절을 올린다
저 어린것이 무엇을 안다고,
대웅보전의 꽃창살무늬 문이 환히 웃는다
사방연속으로 새겨진

꽃창살무늬의 나뭇결을 손끝으로 더듬다보니
옛 목공의 부르튼 손등이 만져질 듯하다
나무에서 빼낸 옹이들이
고스란히 손바닥으로 들어앉았을 옛 목공의 손
거친 숨소리조차 끌 끝으로 깎아냈을 것이다
결을 살리려면 다른 결을 파내어야 하듯
노모와 어린것들과 아내를 파내다가 이런!
꽃·창·살·무·늬
옹이 박힌 손에 붉게 피우곤 했을 것이다
— 「내소사 꽃창살」 전문

    화자가 더듬는 꽃창살무늬에는 상처가 있다. 그 상처는
옛 목공의 상처인데, 그것은 물론 일차적으로는 나무를
깎고 새기며 꽃창살무늬를 만들다가 입은 상처일 것이다.
그러나 그 상처만 있을까. "나무에서 빼낸 옹이들이/고스
란히 손바닥으로 들어앉았을 옛 목공의 손"이 끌 끝으로
파낸 것은 나뭇결만이 아니다. 거기에는 자신의 거친 숨
소리는 물론이고 "노모와 어린것들과 아내"까지도 파내
야 했던 상처가, 그래서 꽃창살무늬가 대웅보전의 문에
새겨지는 게 아니라 차라리 "옹이 박힌 손에 붉게 피우곤
했을" 상처가 생생하다(이 작품에서도 가족사는 아프다).
하지만 그 상처는, 이후 오랜 세월 지나 세 살배기 사내아
이의 절을 받게 되며, 그때 비로소 "꽃창살무늬 문이 환
히 웃는" 깊이를 얻게 되는 것이다. 마치 우리의 오랜 설

화처럼.

옹이는 나무의 곁가지가 나간 자리다. 아니 다시 말하자. 옹이가 바로 상처 아닌가. 다른 작품 「옹이」에서 그 옹이는 가슴 한쪽을 도려낸 "정이 어머니의 가슴"으로 묘사되기도 한다.

> 느티나무 둥치에 옹이가 박혀 있네
> 여린 곁가지에 젖을 물려주던 마음
> 젖꼭지처럼 붙박여 있네
>
> —「옹이」 부분

이 작품의 마지막 행에서 잠언처럼 박성우 시인이 말하고 내가 동의하는데, 과연 "세상의 상처에는 옹이가 있다"(「옹이」). 깊은 상처가 단단한 옹이를 만든다. 다시 말해 상처의 깊이가 옹이의 단단한 내면을 만든다. 이 작품에서의 '옹이'와 「내소사 꽃창살」에서 목공의 손바닥에 고스란히 들어앉은 '옹이'는 놀랍게도 이 시인이 일찍이 아버지에게서 발견한 '두꺼비의 손'(「두꺼비」)과 다르지 않다.

이제 맨처음의 질문으로 돌아가자. 박성우 시인은 처음 어떻게 시를 만났으며 왜 시를 쓰게 되었을까. 그 시적 상상력의 연원을 거슬러올라가면 "아버지 안에서/나는 그렇게 베어졌다"는 톱질 당한 감나무가 나온다. 그 감나무의 "잘려진 밑동으로/감꽃이 피려는지 곁가지가 간지럽다"(「감꽃」). 이 곁가지 간지러운 옹이가 그로 하여금 시를 만나게 하고 시를 쓰게 한 직접적인 근거가 아니었을까.

4

시인 박성우가 시를 쓰겠다며 처음 나를 찾아왔을 때, 그는 내가 근무하는 대학의 학생이었다. 나는 지속적인 작품의 제출을 요구했고, 그날 이후 그는 연구실 문 밑으로 매주 4, 5편의 작품을 어김없이 밀어넣곤 했다. 그는 촌스럽게도 시쓰기에 생애를 건 듯싶었다. 그가 시를 밀어넣은 뒤 학교 운동장을 옆에 끼고 집으로 돌아갈 때는 늘 어두웠고, 그래서 흐르는 눈물을 애써 감출 필요가 없었단다. 나는 시를 가지고 그를 야단친 적이 없으나, 언젠가의 술자리에선가, 바로 그렇기 때문에 그는 울었다고, 웃으면서 말한 적이 있다. 맵게 쓴 시에 매운 질책을 기다렸기 때문에 울었다고. 이런, 질책으로 위로받고 싶었다니.

그래서 이 자리를 빌려, 그때 그 상처의 깊이가, 지금 이렇게 굳고 단단한 옹이가 되지 않았느냐고, 변명 삼아 두루뭉술한 위로를 전한다. 그의 시쓰기의 용맹정진과 강건함은, 질책으로 위로받고 싶었던 그 눈물을 통해 얻어진 것 아니냐고, 나도 더불어 울적해져서, 띄엄띄엄 중언부언한다.

그는 이제 연구실 문 밑으로 시를 밀어넣는 대신, 요즘은 토란이나 상추, 취 같은 것을 심은 코딱지만한 화분들을 슬쩍 갖다놓곤 한다. 물론 길러먹자는 것은 아니고 앙

122

증맞은 재미가 있어 나는 열심히 물을 주며 가꾼다. 그의
예쁜 마음처럼 연구실이 온통 초록빛이다.

시인의 말

쓸쓸하고 지루한 날들이었지만
고만고만하게 견딜 만했다.
애벌레의 상태로 첫 시집을 묶는다.
이제 내 손을 떠나는 시들이므로
나비가 되든 나방이 되든 어쩔 수 없으리.

흙으로 돌아가신 아버지와
여전히 나에게 몸으로 책을 읽히시는 어머니께
이 시집을 바친다.

2002년 8월
석상마을에서 박성우